La brigade des dindons

À Nancy et Julia
— S. M.

Pour Molly, Jeff, Vinny, Riley et Celery
—J. P.

Catalogage avant publication de Bibliothèque et Archives Canada

Metzger, Steve
La brigade des dindons / Steve Metzger; illustrations de Jim Paillot;
texte français d'Hélène Rioux.

Traduction de : The great turkey rescue.
Public cible : Pour les 4-8 ans.

ISBN 978-0-545-99187-2

I. Paillot, Jim II. Rioux, Hélène III. Titre.
PZ23.M487Br 2008   j813'.54   C2008-903078-8

Conception de la couverture: Janet Kusmierski

Édition publiée par les Éditions Scholastic,
604, rue King Ouest, Toronto (Ontario) M5V 1E1

5 4 3 2 1   Imprimé au Canada   08 09 10 11 12

La brigade des dindons

Steve Metzger
Illustrations de Jim Paillot

Texte français d'Hélène Rioux

Éditions
SCHOLASTIC

Dorothée, Oscar et Wilfrid ont passé une année fantastique. Après avoir échappé à l'assiette des fermiers dans laquelle ils devaient finir leurs jours, ils ont vécu en liberté.

Pendant l'hiver, ils ont skié au mont Habitant.

Au printemps, ils ont joué au baseball dans l'équipe des Dindes agiles.

Ils ont passé l'été à batifoler sur les plages d'Honolulu.

L'automne est revenu, et il ne reste plus que quelques jours avant la grande fête des moissons. Nos amis s'amusent à sauter dans les feuilles mortes, lorsqu'une corneille laisse tomber un message sur le chapeau de Dorothée.

— Lis ça, croasse-t-elle avant de s'éloigner à tire-d'aile.

— Oh! non! pleurniche Wilfrid. C'est une lettre du chef de police. Il a dû entendre parler de notre évasion, et il veut nous jeter en prison!

— De quoi s'agit-il? demande Oscar.

— Ça ne vient pas de la police! C'est un message de Raoul le coq, explique Dorothée en lisant la lettre.

Chers Oscar, Wilfrid et Dorothée,
Au secours! Un renard rôde autour du poulailler. Nous avons confiance en vous, car l'an dernier, vous avez réussi à vous échapper.
Aidez-nous!
Votre ami,
Raoul le coq

— Un instant, s'écrie Wilfrid. Et si Jo le fermier nous attrapait? Vous n'avez pas oublié ce qui s'est passé l'automne dernier? Je ne veux pas être dévoré!

— Wilfrid a raison, approuve Oscar en hochant la tête.

— Mais vous ne comprenez pas du tout! proteste Dorothée en trépignant. NOS AMIS SONT EN DANGER! Nous devons faire quelque chose!

— Tu as raison, dit Wilfrid. Allons-y!

Tout en glougloutant et en se dandinant, nos trois dindons se mettent en route.

Ils arrivent enfin à la clôture en bois qui entoure la ferme.

— Hé! Voici Raoul le coq! s'exclame Oscar en apercevant leur ami. Psst, par ici, Raoul.

Celui-ci accourt.

— Vous avez fait vite. Enfilez ces vêtements. Comme ça, Jo le fermier ne vous reconnaîtra pas.

— Nous te retrouverons derrière le poulailler dans quelques minutes, ajoute Dorothée.

Après le départ de Raoul, Oscar grimpe sur les épaules de Dorothée qui se perche à son tour sur les épaules de Wilfrid.

Ce n'est pas facile d'enfiler les vêtements de Jo le fermier, mais ils finissent par y arriver. Wilfrid se dirige en boitillant vers l'entrée de la ferme.

— Salut! Tu dois être un des nouveaux employés, dit soudain une voix amicale, mais Oscar reste silencieux.

Je m'appelle Henri. Et toi? reprend l'ouvrier. De nouveau, Oscar ne répond pas.

— Dis quelque chose, chuchote Dorothée.

— D… din… bégaie finalement Oscar.

— Aladin? s'étonne Henri. Eh bien! pour quelqu'un qui s'appelle Aladin, tu ne m'as pas l'air très malin. Et quelle est ta spécialité?

— Dindonnier, bredouille le pauvre Oscar.

— Dindonnier? répète Henri en se grattant la tête. Oh! Tu veux dire cordonnier? Nous n'avons pas beaucoup de chaussures à réparer ici, mais tu as sûrement d'autres talents. Je vais informer Jo le fermier de ton arrivée.

Aussitôt qu'Henri s'éloigne, les trois amis enlèvent leur déguisement et se ruent derrière le poulailler où Raoul les attend.

— Le renard est sur le point d'attaquer,
annonce Raoul. Dépêchez-vous!

—J'ai une idée, s'exclame Dorothée.
Voici ce que nous allons faire!

Elle chuchote son plan à Oscar et
Wilfrid.

—Parfait! Allons-y!

— Halte! Plus un pas! crie Oscar au moment
où le renard s'apprête à entrer dans le poulailler.
Le renard s'arrête et regarde autour de lui.
— Pourquoi? demande-t-il.

— Regardez la couleur de sa fourrure, s'exclame Dorothée. On dirait un coucher de soleil.

— Et quels muscles superbes! renchérit Wilfrid. Nous avons trouvé le candidat idéal.

— Idéal pour quoi? demande le renard mécontent. Et d'ailleurs, qui êtes-vous?

— Nous sommes Micky, Mimi et Momo, les trois célèbres producteurs de cinéma, répond Dorothée.

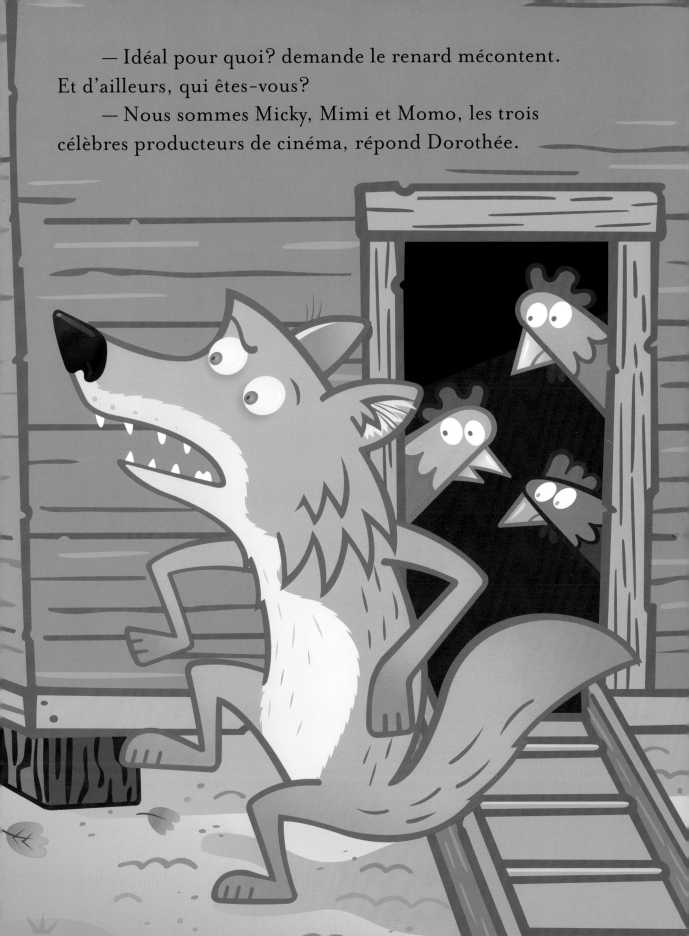

— Tu es la vedette dont nous avons besoin pour notre nouveau film, *L'invincible renard*, explique Wilfrid.

— Vous croyez vraiment que je pourrais jouer dans un film? demande le renard, ravi.

Les trois dindons rapprochent leurs têtes.

— Voyons voir, dit Dorothée. Laisse-moi examiner tes dents.

Le renard ouvre tout grand la bouche.

— Elles sont… euh… très pointues, dit Dorothée.

— Maintenant, nous devons évaluer ta coordination,
déclare Oscar. Montre-nous à quelle vitesse tu peux tourner.

Le renard se met à tourner sur lui-même. À la fin,
il est complètement étourdi.

— Encore une chose, dit Wilfrid. Maintenant nous aimerions te voir quand tu es en colère.

Oscar et Dorothée trouvent une corde et ligotent le renard qui grogne, gronde et hurle.

— Ai-je l'air assez fâché? demande-t-il.

— C'est plutôt convaincant, répond Dorothée. Et maintenant, tu vas te fâcher pour de vrai.

— Pourquoi?

— Parce que tu es tombé dans le piège! s'écrie alors Oscar.

Le renard hurle tellement fort que tout
le monde l'entend à la ferme.

— Hé! s'exclame Catherine la fermière.
Les dindons qui se sont enfuis l'année dernière
sont de retour!

— Regarde! dit Jo le fermier. Ils ont sauvé les poules. Ils ont empêché le renard de les attaquer! Ce sont de véritables héros!

— Vive nos dindons! claironnent Catherine et Jo. Bienvenue à la ferme, chers amis. Vous pouvez y rester aussi longtemps que vous voulez!

Pour remercier les dindons, Catherine et Jo les invitent au souper de la fête. Cette fois, tout le monde mange... de la pizza!